歌集

戻れない旅

生田亜々子

現代短歌社

目次

戻れない旅

装画　赤津ミワコ

生きているものだけに降る雨

流れとは逆に光は運ばれて汽水の川に潮上がり来る

水切りの石が弾めば反射する水の光は夏を宿して

風に浮く日傘の上に広がった次々かたちを変える初夏

伝えたいことばかりあるいつの間に変わってしまった切手の絵柄

ふるさとは思いの棺　たましいは上へ上へと泳がせてゆく

燠として持つ幼少の暗がりをこの休日の公園にまで

花蘇芳幹より咲いて身に近い誰にも似ないまま生きてきた

つなぎたい手とつなぐはずだった手と静かな雨に包まれる夕

たそがれが作る陰影しばらくは空のひかりも川は映して

あめかんむりばかり気になり吹く風の中の湿りの名前を探す

記憶から読み取りすぎてきしませて灯のぬくもりに救われている

何度名を口にしたのかもういない人であるから呼べば安らぐ

均されてしまって気付くことのない感情　夜も川は流れる

真夜中の静けさの中手を見ればさみしいこれは母と同じ手

一生とはなんなのだろう子を残し逝った遺影の暗い双眸

似た声のトーンは罪か母さんと最後まで呼べなかったことの
ぬばたまの夜にも四葩は輝いて忘れたふりをするのはやめた

梅檀の枝がそよいでいる道を歩く速度を子に合わせつつ
子に問われ答えるときに透けているなにか左右に振れてはならぬ

誰それの何と言われる不自由に気づいてしまう　靴下がない

ありったけ服を洗えば晴れてゆく言語野に立ち込めている霧

朝食にりんごを剥いて親子とはなりたくてなるものではなくて

本ばかり読む人だった今子らが灯りもつけず読む母の本

許せずにいるのでしょうと穿つ人のひとみに水の深さを思う

毒のある童話は避けて通りつつ身ぬちに溜まるがままの感情

心って胸のここらにあるような　炭酸通りゆく胸元に

乳房まで湯に浸かりおり信じたいから測らない水深がある

バスタブに浮けば一瞬だけ開くリセットできるワープポイント

手の切れるほどに包丁研ぎ立てる深夜　解せないものをなだめる

鏡拭く往復の間に現れる母より五年永らえた顔

安心を与えて抱いているはずが安らいでいる子の寝入りばな

思いにも骨子があって取り返しのつかない場所が夜に光るよ

夢に出る人は次々変わりつつ私一人が同じ明け方

草むらに輝くものは地に捨てたあの日の乳歯　覚め際の夢

また同じ朝が始まるもう会えぬ人にもいれる熱いコーヒー

目がさめて夢じゃなかった現実をゆく笹舟に綱手などない

迷う時一瞬見える灯のあって脇道ばかり入り込みゆく

姫沙羅のはるかに見える一つだけ遅れて青のままの信号

幸せかどうか思いもしなかった頃と変わらぬ木漏れ日の色

どこにでも色はあるのに見えやすいものばかり追う色鬼ごっこ

子を探し子の中へ行き自らの中の子供をそっと放した

投げ上げた手にまた帰ることのない水はいつかに向かいつつ去る

郷愁にひたれば突き上げる疼き　斑猫の行く先に咲く花

塗り分ける色が多くて少しずつ夏の野原じゃなくなってゆく

永遠というおそろしさ　電源を切って生まれる静寂がある

ここまではまだ届かない驟雨にて水面は空を映しておりぬ

やどり木の場所を心に秘めながらきっと私は長生きをする

これまでにまだ屈託を消せぬまま画面に映る断崖を見る

指先でまさぐっているボタンにも雌雄があって深い暗やみ

収拾をつけたところで過去のこと　生きているものだけに降る雨

また歩き出す一瞬の戸惑いを持って渡っていけそうな虹

欠落を埋める薬

雉鳩と雀の声が交差する連休終わりから二番目の昼

交差点過ぎてほどける渋滞の列六月の日照雨は青く

初夏なのに指先しんと冷えさせて答えられないことばかりある

愛情が足りない母の子と言われもう何にでもケチャップかけて

日常にやり過ごされた顔だから本心をまだ明かしたくない

わかりやすい言葉にしたら伝わらない音にならない口笛を吹く

返信をきれいに忘れるようになり遥か　あの日のコーヒーカップ

有り余る熟れたいくりを貪って一人一つの笑顔を持って

果てしなく挿し木をすれば増えてゆくアイビー少し、すごく羨しい

動揺を悟られぬよう持ち帰り逃げこむ狭いバスタブの中

不本意な昼間を取り戻すように深く吸い込む夜の大気を

欠落を埋める薬としてオズの魔法使いを見ている深夜

朝顔が開き始めているのだろう　今日は夜明けがなんだか近い

一息で書いたメールを見返して絵文字を適宜付けるやさしさ

現実が時間を追い回して朝に冷蔵庫にはコーラしかない

荒々しくドアを閉めれば人の目に見えない星に取り囲まれる

足のない虹

橙色ののうぜんかずらゆるやかな風にも揺れて眼の奥を射る

花びらの影は薄くて唐突にわからなくなる悲しみのこと

思い出のように明るい草むらに紙飛行機のふわりと降りる

現し世を暮らす体に水分が足りない　一気に飲み干した水

選ばれたことも選んだこともあり土鳩静かに鳴いている午後

耐えているように見えると言われての帰り　それぞれ揺れる茱萸の実

光りつつ夕雨は降り口にせぬままの思いが消え去ってゆく

雨あがり少し視線を上げながらまた戻しては通りを渡る

蟻の列乱さないよう踏み越えて見上げた空の足のない虹

最後まで残ったものを信じつつ庭に埋めるアボカドの種

風船と鳩

見上げれば胸のどこかが軽くなる空いっぱいの風船と鳩

しっかりと日傘に顔を入れ込んで歩く足先ばかり焼けおり

平凡な方の言葉を入れてやる炎天を行く帽子の内に

初蟬が鳴き始めれば流れ出す編年体の夏の記憶よ

桃色の冷麦ばかり取りながらゆっくり大きくなればよかった

強がりも過ぎればいつか枷となる昼にはしぼむ露草の花

かたくなな気持ちのままで茹で上げたアスパラガスをそのままかじる

手開きで鰯の腹を裂きながら母であるのに冷たい両手

うらやまずにいられるなんてうらやましい風に抗い青柿は揺れ

誰がそうだったとしてもこれでいい一針ごとに夜は深まる

戻れない旅

わからないことがあふれる日々にいて真夏日という言葉明るし

毎日が戻れない旅　別々のホームから手を振り合って乗る

思い出すたびに痛んでもう会えない人はなおさら純化してゆく

かなしみは際限もない下がりつつ暗い廊下を淡々と拭く

霾《よな》のような後悔はあり手のひらでこすれば消えぬ傷が残って

捨てられぬ記憶を持ったわたくしのなにかが夜の底まで沈む

飲み込んだ言葉はどこへ秋雨に濡れた新聞紙のもろいこと

残照はなおも眩しい傷つけたこともあったのかもしれなくて
思慕というほどではなくて遠くから眺めるだけのひるがおの花

この先も旅は続いて　オリーブの小さな鉢を窓際に置く

容易く生きる

削れるにまかせたものを沈みゆくガムシロップを眺め補う

ハンカチが結わえられたらそれだけで明るい　ただの木であったのに

会話後のわずかなぬめり光跡はすぐ追うべきか追わざるべきか

夜に食べるアイス冷たし繰り返すのが暮らしだと気づきはじめて

まとまっていれば正義となるらしき牛乳瓶の底の静けさ

許されない逡巡をしてうわついているトーストの色がつくまで

コンビニの傘を開いて取り戻すことの出来ない風を集める

数枚を引き剥がしても本当の姿になれぬものをまとって
行間に出そうで出ない懐かしい人の名前を感じて眠る

しらじらと明けゆく街よもうずっと見て見ぬふりをして生きてきた

二の腕に当たる光を感じつつ言い訳ばかり頭をよぎる

鬼のまま終わった遊びばかりあり誰にも探されないまま今も

大勢の中にいるのにさびしくて遠くの電子音が聞こえる

叫ぶようなことではないと見渡せばふるさとに降る雨の明るさ

良心は決して離さないように胸を押さえて暴風を行く

それぞれの孤島に生きているからと付箋だらけの本を隠した

花びらとしての衣類を詰め込んで一箱きりで容易く生きる

水の即興《アドリブ》

携帯に問えばまがなしはつあきの雨は匂いを前触れとして

かすかなる道のくぼみを雨上がり水去るまでのひとときに知る

訪いを告げては消える雨粒が絡まるものを静かにほどく

色分けができないままに冷えて　ただ空の色を映している水

むらぎもにさびしいものを隠すから普通の声で言えない思い

廃屋の外水道からねじれつつ allegro で落ちる水の滴り

ほころびとほろびとの差はそれほどに遠くはなくて秋の落日

必然と捉えてしまいこんでいるこれまでの死を通りゆく風

どんな字も生きた証として思う霧雨の中香る木犀

途中からハミングになる鼻歌のやさしいことが悲しいなんて

死んでいる人はいますか雑踏の音に紛れさせて聞いてみる

華やかな街はいつしか照れくさくつい裏通りばかりを歩く

投げつけた言葉は少し顔を変え私に戻る　夜に降る雨

そのままを見失っても否、それがそのままだから捩花ねじれ

死者となるため生きる　死者として永遠を生きゆく夢を抱えて

かたちから私を放つ湯の中で思わぬ方へ乳房は揺れる

ひとつずつ消えゆく雫　誰しもがハッピーエンドになると思ってた頃

薄暮に鏡を覗きもう遠い人を宿した顔を洗って

夜の空の光を反射する雲が照らす並べた理屈の弱さ

奔放な言葉を選ればなおさらに水底にあるものを透かして
人の声のように響く真夜中の排水口の中の中のセッション

眠りつく間際にせせらぎの音が聞こえるここはどこの崖

ノーマークだった世代を生きている目覚めの喉を白湯で湿らす

すこしずつ角度の違う関節を適度に曲げて朝日を受ける

簡単な言葉を選ぶ出来るだけ多くを運ぶ器としての

その先を信じては挿す切れ端の野菜　希望の一亜種とする

蛇口から流れる水にじゃれついた風が小さな虹を作って

音階をはらんで空は澄み渡り轍の道にひびく即興《アドリブ》

石投げをすれば水面は金色の飛沫を上げて十月の川

形なきもののかたちを思いつつ対岸にいる人に手を振る

残像

ぬくもりは緩みより来るゆっくりとホットミルクを喉に通して

ゆく人の皆が見たことあるような気がして淡い夜店のあかり

他愛ない暮らしを夢見ている自由手にいっぱいのサルビアの花

言葉にはうまく出来ないふるさとの明るい雨に包み込まれて

柿紅葉ここにはいない人の名をつぶやく　私らしくないこと

苦しいと言うことをなぜ恥じたのか写真の人は歳を取らない
残像に思いを載せ過ぎないでいて　ひらひらと蝶雲に消え行く

伝え合うほどに開いてゆく距離があるよ遠くのフルートの音

思うより軽い擬音で生かされてもう戻れない場所はまぶしい

絡まった気持ちをそっと選り分ける葉物野菜に水を当てつつ

眠れない森

一匹ずつ数えればもう部屋中に暑苦しいほど羊が満ちる

目の奥で星が生まれる点探す　そう、眠れない森は明るい

寝つくまで無心でなんていられずに自分に深くまた潜りゆく

悲しいときちんと思えないことに気づかないまま濃い空の青

どの神の言葉もただの文字列と受け止め歩く坂のない町

変わったと言われることが流せない私をあやす夕のぶらんこ

生肉に指埋め込めば冷たくてごめんを今もちゃんと言えない

起きている意識のままに眠り込む断崖に咲くスモークツリー

ごまかした言葉がたどり着く先を思えば落ちる　深い眠りに

まだ死んでしまった夢は見ていないけれど墜落ならば　よくある

影として影はあるのだこれは夢だと気づいてる覚め際の夢

まどろみの上に連なる音律は長虫　左脳の中を這いずる

ひかりともやみとも言えぬ明け方の煮込みうどんの汁の清澄

空っぽのペットボトルに透かされて見える世界は白々しくて
深く触れなかったことをまた思う気がつけば忘れていたことも

明日また生まれ変わるため欲しいのは闇　光よりかがやく真闇

川、晩夏光

肉体と心はつながってるという　窓の遠くに川が横たう

ベッドから見る雲　交差点　予定　心を吹き飛ばしてゆく痛み

足の行き交うロビーにて足たちを見ながら過ごす　われもまた足

症状を告げて静かに名を書いて　受付台に燃える鶏頭
食欲がなくてあちこち痛むのです「どこが？」体と思える全て

肉体を強く感じる体勢を避ける待合室のざわめき

検査室まで紫の線に沿い流されてゆく廊下の大河

言われるがままに着替えて横たわる検査室から外は見えない

きりぎしの眠り　光の中にあるなにかを数えている間の検査

おそらくは直接見ることなんて無い部位　思ったよりずっと桃色

異常なし　モニター横の医書に積む塵を見つめる　これで何度目

「ストレスや心配事はありますか」（まただ）「ゆったり過ごして下さい」

悲しみは異常なきことこれ以上何もしてもらえないということ

まぼろしのような病名告げられて今欲しいのは常温の水

痛みとか心　測れぬものはうやむやになるこの建物を出る

アーケードへの信号の点滅がもう覚めているはずの目に沁む

ローソンで次々夢を叶えては事実を少し軽くしてゆく

気がかりが浮かんで思い出す　喉でしばらく止める麻酔の苦さ

無くせないストレスはどうしたらいい？切った端から転がるきゅうり

考えの果てを探して綱渡りばかりしている真夜中の秋

しまい湯は少し気が楽こんなものだろうと笑うようなさざなみ

豆球の灯りの下にあるがまま呼吸を意識すれば落ちゆく

幻痛のままに眠れば美しい蝶が群れ飛ぶ夢裡のみずうみ

晩夏光　川からの風をTシャツの中に通せば体が笑う

生きていくために手離せないことも　けぶれるように咲くさるすべり

願うことではじめて願いになるという早足でゆく川までの道

ねこじゃらし弾む川際　来る人に小さく会釈をしては行き交う

カノープス

歌うかのように放たれ聞き取れぬ語尾の音　もうここから先は

おさまりのつかない雲を眺めつつ喘ぐ　私が選ばれなかった

始まれば終わる終わりの始まりに南に低く光るカノープス

甘い嘘苦い嘘みな肯定をしながら泥む暗い陸橋

夕暮れのガラスに映るこんな目をして人混みをやって来たのか

水の音立てては泣いた日もあって収拾のつかない子供だった

それじゃもう歩けやしない信号の青の男の不自然な膝

懐かしい訛りも振り返ればノイズあの人ももう多分おじさん

洗えないものばっかりを身につけて　ＩＤカード、携帯、こころ

さびしいと言えないように左手を右手でつかみやはりさびしい

夕映えに頭を奪われないように音と光の溢れる場所へ

パーティーがこれからとても多くなる世界の果てで鯖を購う

たてがみはその辺だろうすべらかに私に触れる指のつめたさ

腐らせて終えた林檎がこれまでのあらゆる悔いを引き連れて来て

お前もと言う「も」の中の人々に南の空の星を捧げる

けだものを胸に飼う

舐めかけのチュッパチャプスをさし出して風向きを見る私はわかる

飼い馴らせないけだものが胸にいる　気づかれぬよう目を笑わせて

余白などどこにもなくて木苺ももう無心では採れなくなった

大丈夫花屋に並ぶいろいろの花ならみんなお金で買える

黙りこむほうがかんたん私には天動説のままの世の中

一人だと思ってるから一人だよ　どくだみの香の残る指先

簡単に消去できない傷があり嗚咽が漏れるのならばそこから

人界とこちらをつなぐ凸凹を無くす端子が見つからなくて
時折はそれを忘れる日もあって薊ばかりの傾りのひかり

ばら肉のあたりがすごく痒むのです　そこに心は無いはずなのに
携帯をつい見てしまうてのひらにもうずっとある炎も見やる

食べずに生きてゆくことなんて

生きていることを確認するようにボタンを押してコーヒーを買う

区別され曲がり続けてきた先がここでよかった　食パンを焼く

いちじくの中の空洞しんとしてあの赤ちゃんはどこから来たの

動物はお昼ごはんを食べながら孤独だなんて思っちゃいない

「さくらんぼトマト」奇妙な名のそれを食むトマトだとぼんやり思う

牛乳は暴れてグラスからこぼれ愛だとかそれだけじゃいけない

これからはこういう時はこうやって口も利かずに蟹を食べよう

停滞という躍動をうちに秘めバナナは棚で眠ってばかり

レーズンと濃いコーヒーで生きていて子宮がん検診に行かなきゃ

大きめのコインチョコならメダルにもなる定型で誰かへ送る

いま胸に動き続ける心臓を見ることもなく死んでゆくはず

口に入る一瞬前に目の覚めてやはり夢裡では飲食できず

ままならぬことを抱えていることもうれしい　明日も玄米を炊く

身の内に在るのが何者だとしても食べずに生きてゆくことなんて
ドーナツに埋めようがない穴がありこんな時間に歯を磨いてる

Amazon のわらび

泡粒が泡粒を生みいっぱいになれば祝祭　架空のこども

体内に潰れたままの心臓もある　また語尾に草を生やして
まばたきの後も消えずにいつまでもあなたの危険人物でいる

間違えて爪《ネイル》につけた傷　ここが今この街の美しい場所

夜。よかれとした全てに後悔をすればタワーの先きらめいて

生きてきた過程が作る思い癖　怒ると一人称が変わるね

終止形と連体形が同じことに安らぎ眠る海を握ったまま

言葉のみまとって夕にいることがあなたの目には裸と映る

にせものの星だ　ネオンの中にあり街灯の類語であるほどの

Amazonがわらびを買えと言ってきて寒い　言葉は人を殺せる

存在をシュレッダーにて切り刻む必要以上に肩いからせて

X線フィルムに映るわたくしの荒涼とした胸　骨　こころ

選ばれなくても生きているから生きるために行く特別じゃない方のスーパー

青空に引く垂線のように降る雨　anomaly、あるいは空虚

光跡のフラッシュバックわたしが、わたしを、過去のあなたをも作り出す

果てへと続く

ブラインド下げては空の面積を半分にして街を見渡す

呼びかけはいつでも問わず語りにて　いつまでも咲く崑崙朝顔

寝転べば空は広くてこの部屋の小さい窓に鳥を呼びたい

日々に切れ間など無いのに年輪は渦巻きじゃない　北側に立つ

住む場所を何度変えても変わらない地図記号なら果樹園が好き

誰かとの間の誰のものでもない部分にも降る初冬の雨

秒針が今を過去へと送りゆく音を聞きつつポトフを煮込む

そのうちに切るのが楽しくなってきて短くなってゆく薔薇の茎

相性はどうしようもなく夕空に煙こんなにまっすぐ上がる

何らかの機器が発する密やかな音を聞きつつ鶴を折る夜

言い込めるために使った正論に屈託があり冬の指先

見えている素振りで歩く　知らないということのみを恐れるあまり

窓口にボールペンまで持参して触れぬものが多ければ闇

眠らせているものばかり本棚は果てへと続く入口を持つ

家々に灯るあかりが滲むとき手のひら足の裏が切ない

冷静な仕草を作るむずかしいことばかりある星に生まれて

どの雨も私に降った　借りものの言葉がやっと旅立ってゆく

誰よりも誰かの幸を

携帯を家に忘れてきて自由わたしは橋のかからない岸

今日もまた座り疲れていちにちを惜しいところで逃してしまう

感触が残っているからもう今日は何も届いて欲しくは無い日

リンクしていると思えぬ関係に慌てて線を消し引き直す

「せつじつ」な「わかいじょせい」と言われても　小さな星が散る服を着る

それはもう書かない方がいい言葉待っても誰も来ない噴水

少しずつ旅立ってゆく水滴に聞く土曜日はなぜ青い色

誰よりも誰かの幸を祈りつつ適当に歯を磨いては寝る

たましいはいくつになった？　生きていくために朝晩顔を洗って

力学を無視してついに飛んでゆく気持ちを持つのも人であるから

焼きすぎてしまったものを食べながら消し去るための手順を図る

言外に溢れるものをすくい取るお地蔵様にどなたか、笠を

見た人を探していますこのドアのつながる先は過去なのですか

霧雨に傘はいらない　水を歩くように信号のない通りを

眼裏に最小限のものだけがあると信じる暗渠にも冬

夕に歩く

夕なずむ街を歩けばどことなく子供の頃の気持ちに戻る

「しなくてもいいこと」は皆「してもいいこと」縁石の上だけ歩く

マスク越しに何か香ったような気が　外せば醤油、煮物と思う

Google の車も来ない路地に咲く水仙やけに響く足音

持ち物が無くて軽きは体でなく心でもなく、なんなのだろう

平らだと思った道が傾いでいて　だから遠くの阿蘇まで見える

暮れるまでが一番つらい夕焼けは残照　一日が死にゆく時の

残照が引きずり出してくるものを振り切るように早足でゆく

吠え声はガラスの向こういきり立つトイプードルを知らんぷりする

靴紐を結び直して前なにがあったか思い出せない更地

無人家がここにもあるよ好きなように咲いて燃え立つような山茶花

数ヶ月過ぎれば端が擦り切れてブルーシートは重ねて使う

よその家　夜　冬　排気ガス　料理　混じり合っては夕の香となる

明るさの残る方から来る人の表情までは見えない時間
くらがりが増えて帰途へとターンするヘッドライトに目を射られつつ

来た道は外して帰るコンビニでパンを買うことだけ忘れずに

根なし草

傷つけて膿を出し切ったと言ってうどん三玉買っては帰る

未来よりも明日があるからセーターの毛玉に星座を見出している

名を呼んで名を呼ばないでお湯になるまで流れゆくただの水たち

大きめのサイズを買って袖口をアンテナにして集めることば

許すのは口の仕事で目にものを言わせないよう見つめる仕草

いつか別れるのがこわい宿り木の真冬の緑うすきみわるい

ねなしぐさ根の絡まってふるさとはいつも今居る場所と定める

バナナスタンドのばなな眠ったまま　たまに平仮名にして起こしてしまう

花が花であるためのもう少しだけの猶予

連想による脱走　燃えさかるわたくしと君だけの大平原

いつか滅ばせようとしている花野は君　気付かなくても行くから、見ていて

熱帯魚にはなれなくて肩に雪積もらせながら信号を待つ

音信不通を是としても　糸端がほぐれて針の穴を通らない

カップヌードルで暖を取る左手親指のささくれから吹いてくる乾いた風

愉《ゆ》であったとしても　しばらくを経れば忘れてしまう体の記憶

enterを二回押したら真っ青で圧倒的にひとりの夜更け

樹林まで私が飛んで　真実を直視すればことさらに澄んでいる朝

そして光　君との共犯関係を見ていたのは風　花は全てを持って咲きゆく

艶消しのかがやき　もういないあなたの書いたものを読むとき言葉の中にもいない

風の中をはためくような街に住み　なにもかも洗いざらい喋ってしまうゆうぐれ

ポテト食べているのかケチャップ食べているのかどちらにしても満たされぬ夜

わたくし自身が悲しみであるかのように降る雨、雨。ほとんど皮の果実だった

韻律の呪縛　花が花であるためのもう少しだけの猶予　なだれるように

祈りの途中

月曜から金曜までのわたくしにラップを掛けて土日へ向かう

傷パワーパッドを貼って　超えて来て通り過ぎゆく闘う人に

風との結託　手に取ろうとすれば逃げ去る金色の銀杏

傾きが変わってものが乾かない　ひととせと死ぬ十二月の陽

青空の含むさびしさ　吹く風がノスタルジーと冬を運んで

息継ぎのない泳法のようである傷つけないで生きてゆくこと

凪いだまま一日を終える鷺かさないように出す声のまんまで

問いかけて、光。左右に傾けて見る鉄塔の威容にまいる

黙り込みすぎて言葉は出しにくく飲み込んでしまう枯野の日暮れ

一行の詩にはなれずにわたしたち祈りの途中もう飽きてくる

嘘をつくのも笑うのも嫌だからただ揺れていてクリスマスローズ

自分にすらなりたくもない明け方の道の果てにはタワーそびえて

枝ばかりのけやきの先に光射し未読のままの LINE を閉じる

言語化の出来ないものが詰まっている心と頭　崩折れるビル

順路とは違うルートを歩きつつ不満はないが不意にさびしい

ゼブラゾーンと空耳

ほほえみを絶やさぬ努力ののち帰る　排水口がまたにおっている

あるけれど減ってゆくから牛乳とパンと卵と愛や憧れ

ひかりふるように感じる雨ならば嫌いではない　まっすぐに立つ

求めていた未来なのかな紐のあるパーカーだけが売れ残ってる

風船を打ち合うようにスタンプを送り合っては育むあわい

讃として深夜に響く排水の音に合わせて唱うvocalise《ヴォカリーズ》

わかることと認めることは遠すぎて音量ゼロで見ている動画

泣く場所を探して観覧車で食べた溶けかけているミルクキャラメル

Please, don't leave me 野茨の上を渡ってゆくしゃぼん玉

街中に空耳はある通知音、パトカー、あなたの呼ぶ私の名

切りこぼす爪の三日月見えているものを全てとしてもいいよね

生年と没年の間の輝きとゼブラゾーンに雪は降り積む

つま先立ちしても先など　開けっ放しのままの誰かに続くパレード

でもここに来ても笑えずゆうやみでも夕焼けでもない日暮れを帰る

誰かに寄り添うことの炎と夕映え　かさぶたの呼び名が違ったことと

目にものは映っているけどただ映るだけやもしれず野生種の花

マッキーで書いても消えて借りもののからだのなかのものもかりもの

雲のかたちグラデーションの中間の中途半端の色を見つめて

バイシクル口開けたままルを言って夜明けのうすあたたかいたまごサンド

記憶にも残らない会話をして暗い朝を漕ぎ出す骨格を持つ船として

不誠実を貫いてゆく海賊版の歪んだパッケージに安らぎを得て

あるある話に飽きて見つめるコンロの火　揃って揺れる青い火の舌

昼を強制終了したのちのひとりで静かに漕げるぶらんこ

浮かび上がる広告に触れてしまったから何度でも表示される命の個数

街から灯を分けて運んでいくように路面電車は光りつつ行く

あとがき

あらがいようのない流れに乗ってここにいる。本当はどうしたかったか、そんな事は考えても詮無いこと、常に先に進んでいくしかないのが生きるという事で、なるようにしかならないのだと思っている。元の場所だと思っても似た違う場所で、どこに着くにしても片道切符。私の思いとは関係なく進む旅で、けっこうハードモード。そんな日々であるけれど楽しみながら、まあこんなもんだと思って生きている。

本を読むのが好きな子供だった。それと同時に言葉を集め、書くのも好きな子供だった。それは成長とともに詩や俳句、短歌、散文となり、湧き上がるものを手元のノートに書き綴っては人に見せ、応募し、私の楽しみとなったが、進学とともに別のものを追う私の手から自然と離れてしまった。それでおしまいかと思いきや、それから数年後、私はまたものを書き始める。三十代の中頃には妙にしっくり来るかたちで短歌が戻ってきた。以来自然と短歌に取り組んできたが、これもまた私の意志が働きつつもあらがいようのないものなのではないのか。どんなものであろうと構わない。私はこれからも手の中に飛び込んできたこのツールのもたらすものの全てを楽しみつつ、この旅を生きていこうと思う。

本書は生田亜々子の第一歌集です。二〇一七年に受賞した第五回現代短歌社賞のために編んだ小題のある連作三〇〇首を元に三六三首を収めました。二〇〇九年から二〇一八年までの作品を制作順とは関係なく構成しています。この中には歌壇賞、中城ふみ子賞、熊本県民文芸賞などで候補となったり入賞・受賞したものも含まれます。

出版に際して、栞文をいただいた伊藤一彦氏、大森静佳氏、沖ななも氏に厚く御礼を申し上げます。第五回現代短歌社賞の受賞以来、真野少氏と現代短歌社の皆さんにはお世話になりました。
先達と歌友に恵まれてここまで来ました。短歌を再開した頃に声をかけてくださった伊藤一彦氏、なにかと相談に乗ってもらった「虹」の編集人、中山みどり氏。南の会「梁」の皆さん。熊本の短歌誌「虹」と「熊本歌会（仮）」の仲間たち、ツイッターなどを通じてつながる歌の友人たち。そして家族。すべての方々に深い感謝を捧げます。

二〇一八年七月三十一日

生田亜々子

生田亜々子　（いくた・ああこ）

1971年生まれ　熊本県出身
10代前半より詩・俳句・短歌などを書き始める
2009年　休止していた作歌を再開
2010年　現代短歌・南の会に参加
2011年　短歌誌「虹」の創刊に参加、同人
2016年　第38回熊本県民文芸賞短歌部門１席
2017年　第５回現代短歌社賞
2018年　第53回熊本県文化懇話会新人賞
熊本県熊本市在住

歌集　戻れない旅

発行日　二〇一八年八月二十七日
著　者　生田亜々子
〒八六二―〇九二四
熊本市中央区帯山六―七―一三一
発行者　真野　少
発　行　現代短歌社
〒一七一―〇〇三一
東京都豊島区目白二―八―二
電話　〇三―六九〇三―一四〇〇
発　売　三本木書院
〒六〇二―〇八六二
京都市上京区河原町通丸太町上る
出水町二八四
装　幀　桑野由貴子　かじたにデザイン
印　刷　日本ハイコム
製　本　新里製本所

ISBN978-4-86534-238-3 C0092 ¥2500E

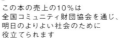